es 1383

edition suhrkamp

Neue Folge Band 383

W0327187

Den elften Sommer verbringen sie schon am Bodensee, der Studiendirektor Helmut Halm und seine Frau Sabine, immer in der gleichen Ferienwohnung. Ein bißchen schwimmen, ein bißchen wandern, ein bißchen lesen und sich dabei anschweigen: ein altgedientes Paar, das sich eingerichtet hat in der Einsamkeit zu zweit. Aber in diesem Sommer wird die Ruhe gestört. Klaus Buch heißt der Schulfreund, der Helmut auf der Seepromenade auch nach 23 Jahren ohne Zögern erkennt; eine um etliche Jahre jüngere, attraktive Frau hat er; ein sportliches, durchtrainiertes Paar, das jeden Morgen um 7 Uhr früh Tennis spielt, keinen Alkohol, nur Mineralwasser trinkt. Zwei sehr verschiedene Paare, die Martin Walser hier gegeneinander antreten läßt.
Die Katastrophe scheint perfekt, als von der Segelpartie im Sturm nur Helmut zurückkehrt und er und die beiden Frauen eine Zeitlang im ungewissen sind, ob Klaus ertrunken ist. Als er schließlich eintrifft, sagt er nur: »Komm jetzt!« zu Hel und verläßt kommentarlos mit ihr die Wohnung. Helmut schweigt und scheint wie üblich die Geschichte auf sich beruhen lassen zu wollen. Aber Sabine gibt keine Ruhe, läßt nicht locker, bis sie Helmut zum Reden und Handeln gebracht hat.
Ein fliehendes Pferd ist die Dramatisierung der bekannten Novelle. Sie ist auf Anregung und nach einem Szenario des Dramaturgen Ulrich Khuon entstanden.

Martin Walser
Ein fliehendes Pferd

Theaterstück

Mitarbeit Ulrich Khuon

Suhrkamp

edition suhrkamp 1383
Neue Folge Band 383
Erste Auflage 1985
© Suhrkamp Verlag Frankfurt am Main 1985
Erstausgabe
Alle Rechte vorbehalten, insbesondere das
der Übersetzung, des öffentlichen Vortrags,
des Rundfunkvortrags und der Verfilmung,
auch einzelner Abschnitte.
Das Recht der Aufführung ist nur vom Suhrkamp Verlag
in Frankfurt am Main zu erwerben;
den Bühnen und Vereinen gegenüber
als Manuskript gedruckt.
Satz und Druck: Wagner GmbH, Nördlingen
Umschlagentwurf: Willy Fleckhaus
Printed in Germany

5 6 7 8 9 – 97 96 95 94

Ein fliehendes Pferd

PERSONEN: Sabine Halm
Helmut Halm
Helene Buch (Hel)
Klaus Buch

1. Akt

Ferienwohnung im Hause Zürn. Helmut sitzt, so wie er von der Promenade zurückkam, im Sessel. Der Strohhut auf dem Tisch. Sabine kommt aus dem Schlafzimmer. Sie hat sich zum Segeln umgezogen. Sie weiß nicht, ob sie so gehen kann oder soll. Sie hätte gern eine Reaktion ihres Mannes. Sie hat Shorts an und eine Art T-shirt. Sie zieht noch Sandalen an.

Helmut sieht sie, nimmt sie wahr, aber er reagiert nicht. Er schwitzt, brütet, ist deprimiert, hat keine Lust, möchte alles verhindern. Sabine wendet sich, weil Helmut nicht reagiert, ans Publikum. Aber schon so, daß sie, auf diesem Umweg, von Helmut gehört werden will.

SABINE Es gibt Entfernungen ... in Zimmern ... das glaubt man nicht. Ich würde mich wahnsinnig gern bemerkbar machen. *Direkt zu Helmut, etwas laut, fast schrill:* Um drei kommen die. Willst du so aufs Boot. Das ist nicht die Queen Elizabeth. Im Anzug auf eine Jolle, ja?! Ich glaube, ich geh doch lieber barfuß. Eine Schande, daß wir keine Turnschuhe haben. Barfuß ist auch blöd. Ich behalte die Sandalen an, bis wir am Boot sind, dann geh ich barfuß an Bord. Du willst also im Anzug auf eine Jolle. Mit Hut, ja? Helmut, ich weiß nicht, ob das nicht ein bißchen komisch aussieht. Du meinst, ich seh auch komisch aus, so. Ich seh dir's doch an. Schieb nur wieder alles auf mich. Weil ich immer an der Promenade essen will, Leute anschauen will, haben wir dieses Paar getroffen, ja?! Aber er ist dein Freund.

HELMUT *lehnt ab.*

SABINE Schulfreund, Jugendfreund, Kommilitone. Ich hatte das Gefühl, von dem erfahr ich in einer Stunde mehr über dich als von dir in fünfundzwanzig Jahren.

HELMUT Bloß was.

SABINE Mich hat es interessiert.

HELMUT Mich angeekelt.

SABINE Er verehrt dich. Darum quälst du ihn. Typisch. Der hat dich immer schon verehrt. Der Arme. Du hast ihn praktisch nicht wahrgenommen. Du hast nur seine Frau angeschaut.

HELMUT Gegen meinen Willen.

SABINE Geradezu abgegrast hast du sie mit deinen Blicken.

HELMUT Zuerst habe ich wirklich geglaubt, dieser Klaus Buch sei ein früherer Schüler von mir. Der sieht doch zwanzig Jahre jünger aus als ich. Wie ich das hasse, man sitzt irgendwo, plötzlich steht so ein Kerl vor dir, so ein Ehemaliger, grüßt, streckt dir die Hand hin, nicht einmal seinen Namen sagt er, ihn muß man kennen, das kann er verlangen, er war doch der, der dir die tote Maus in die Tasche schob, ohne daß du es merktest. Das tut ihm jetzt zwar leid, aber er ist auch noch stolz auf seine bösartigen Pubertätseinfälle, mit denen er dich jahrelang schikanierte. Dann stellt er dir natürlich seine junge Frau vor, womöglich noch ein paar kreischende Kinder, die dich gleich mit ihren pappigen Fingern anfassen, dann quatscht dir das Pärchen die Ohren voll mit seiner tollen Biographie. Es sollte ein Gesetz geben, das ehemaligen Schülern verbietet, ihren Lehrern je wieder unter die Augen zu kommen. Und ein Zusatz: Freunde, mit denen man länger als zehn Jahre nichts zu tun hatte, haben sich als Fremde zu benehmen. Noch ein Zusatz: Fremde, die einen einfach ansprechen, begehen damit ein dem Hausfriedensbruch vergleichbares Delikt.

SABINE Klaus sieht wirklich sehr jung aus. Schon weil er eine junge Frau hat. Das hält jung. Die zweite Frau. Da versackt man nicht im Sessel und rührt sich nicht mehr. Um sieben Uhr morgens spielen die Tennis! Dann frühstücken sie, dann segeln sie, dann laufen sie, dann schwimmen sie, dann essen sie, dann schlafen sie, dann ... und so weiter.

HELMUT Grauenhaft.

SABINE Ich fände es gut, wenn Klaus und Hel uns ein bißchen herausreißen würden aus unserem Trott.

HELMUT Trott?! Trott nennst du das?! Diese hageldichte Folge von gravierenden Lebensmomenten, von denen uns jeder eine ganze Traube von Entscheidungen abverlangt.

SABINE Und was für welche! Stehen wir überhaupt auf? Und wenn ja, wann? Frühstücken wir? Aber was? Ziehen wir uns an? Aber was? Gehen wir ans Wasser? Aber wo legen wir uns hin? Und wie?

HELMUT Alles sehr schwer zu entscheiden.

SABINE Dein Freund Klaus ...

HELMUT ... an den ich mich nicht mehr erinnere!

SABINE Aber er sich um so besser an dich.

HELMUT Widerlich, so in der Vergangenheit rumzurühren. Deckel zu, keinen Sauerstoff drankommenlassen, das fängt doch an zu gären.

SABINE Dann hättest du die Einladung zum Segeln nicht annehmen dürfen.

HELMUT Du hast sie angenommen.

SABINE Du genauso.

HELMUT Du hast gesagt: Wunderbar, fabelhaft, segeln, oh wie schön.

SABINE Du hast genickt und genickt.

HELMUT Das stimmt nicht, Sabine. Ich habe den Kopf geschüttelt.

SABINE Innerlich vielleicht. Äußerlich war's das reine Nicken.

HELMUT Du hast mich so dressiert. Immer wenn

ich Nein denke, sage ich Ja.

SABINE Eigentlich müßten die schon da sein.

HELMUT Ich geh nicht mit. Ich hör mir nicht den ganzen Nachmittag dieses Erinnerungsgejaule an. Der leidet doch hochgradig am Kriegskameradensyndrom, dieser Herr Buch. Ich habe Kopfweh. Es ist so heiß. So schwül. So drükkend. Sabine. Ich kann nicht.

SABINE Und wenn ich die Wahrheit sage? Daß du dich am wohlsten fühlst, wenn es schwül ist und drückend. Wenn andere kaum noch schnaufen können, lebst du auf.

HELMUT Du willst mich verraten. Das ist dieser Klaus. Der hat dich ganz schön verdreht. Zum Glück kommen sie gar nicht. Gesegnet sei die Flaute. Die Schwüle. Die drückende Weltuntergangsstille.

SABINE Klaus Buch kommt. Das ist nicht der Mann, der sich von einer Flaute abhalten läßt. *Sabine kommt, nachdem sie im Schlafzimmer war, wieder herein, sie hat eine lange Hose an.* Wahrscheinlich zieht man sich ja sowieso aus. An Bord! Zieh wenigstens die Badehose an unter deinen Anzug.

HELMUT Ich zieh mich nicht aus vor Wildfremden.

SABINE Eine harmlose Segelpartie! Ach Helmut. Dich aus einem Sessel herauszubringen, wird allmählich ganz schön anstrengend.

HELMUT Dann laß mich einfach sitzen, Sabine.

SABINE Wir sind doch im Urlaub hier.

HELMUT Eben!!

SABINE Aber herumsitzen, das tust du doch zuhause schon.

HELMUT Ich war immer gegen diese Promenade. Das ist die Quittung. Du hast dich infiziert. Du fieberst.

SABINE Haben wir überhaupt genug Sprudel hier? Die trinken doch tatsächlich nur Mineralwasser. Und wie sie das trinken. Die machen da Unterschiede wie zwischen Riesling und Ruländer.

HELMUT Sprudelkultur.

SABINE Ich werde nicht rückfällig werden, hat er gesagt, als du ihm eine Zigarre angeboten hast. Wie wenn Rauchen ein Verbrechen wäre.

HELMUT Wie der mich angestarrt hat. Halb Mitleid, halb Abscheu. Selten hat mir eine Zigarre so gut geschmeckt! Sein Horror war ausgesprochen genußfördernd.

SABINE Könnte gelogen sein, mein Herr. Ich habe dich beobachtet. Deine Gänsehaut an Hals und Wange. Dein Gram- und Kummersignal.

HELMUT Stimmt, Sabine. Ich geb es zu. Die erschütternde Teilnahme dieses Erinnerungssportlers ... hat mir eine Zigarre verdorben. Schon deshalb: Dieser Klaus Buch wird mir keine zweite Zigarre verderben!

SABINE Sag doch nicht immer d i e s e r Klaus Buch. Er tut dir gut.

HELMUT Dir vielleicht. Du machst einen etwas bezirzten Eindruck. Du sprichst von ihm schon wie die Blume vom Wind.

SABINE Dazu hätte ich auch etwas zu sagen.

HELMUT Bitte!

SABINE Die können jede Sekunde da sein. Diese Hose ... ist einfach zu warm.

Sie geht hinaus.

HELMUT Geh du mit denen segeln. Bitte.

SABINE Sei doch nicht so negativ.

HELMUT Ich bin's doch so gern.

SABINE Gibt's heut ein Gewitter, Herr Negativ?

HELMUT Frag deinen Klaus, Frau Positiv.

SABINE Ich frag dich. Ich frag überhaupt nur noch dich. Ich red nur noch mit dir. Ich verlerne alle anderen Sprachen der Welt außer der deinen. So.

Sie kommt herein, hat einen Rock an.

HELMUT Ich dachte, das sei schon so. Ich bin also weiter als du. Ich verstehe schon lange keinen Menschen mehr außer dir.

SABINE Abgegrast hast du sie mit deinen Blicken.

HELMUT Du ihn. Du bist verloren.

SABINE Vielleicht gefährdet.

HELMUT Aha! Ich verzeihe dir diesen Ausrutscher und den nächsten. Erst den übernächsten nehme ich dir übel. Der nächste danach ist tödlich, absolut tödlich. Sabine!

SABINE Mich friert's, wenn du so redest.

HELMUT Dann ist's gut. Mir wird warm, wenn's dich friert, wenn ich so rede.

SABINE Dann gibt's doch ein Gewitter.

HELMUT Oh Sabine, du Naturalistin. Wir bewegen uns am Rand der Katastrophe und du redest wie der Wettermann. Wir sind beide ein bißchen verführt, momentan. Laß uns aufpassen. Wir sind doch schon weiter als die.

SABINE Du vielleicht.

HELMUT Wehr dich doch gegen die Verführung durch die Familie Buch, auch wenn das, was die tun, das Richtige wäre. Laß uns beim Falschen bleiben.

SABINE Fanatiker.

HELMUT Das Falsche ist vielleicht das Richtige. Jetzt. Ich spür's. Du begreifst noch nicht, was passiert ist. Wir sind entdeckt. Elf Jahre lang hatten wir's schön hier. Jedes Jahr, vier Wochen ohne Kollegenquatsch und -tratsch. Vier Wochen vollkommene Heimlichkeit in Zürns Ferienwohnung. Mit dir. Dieser Klaus Buch ist nur der Anfang. Sie haben das Mittelmeer satt, hat sie gesagt, seine Trophäe. Sabine, wir müssen weg. Sofort. Warum sind wir denn an den Bodensee, elf Jahre lang?! Weil alle, die wir nicht mehr aushalten ...

SABINE ... die du nicht mehr aushältst ...

HELMUT ... du auch, dachte ich. Weil die ans Mittelmeer gehen, sind wir hierher. Wenn die jetzt alle das Mittelmeer satt haben ... Kiderlen, Baumgärtel, Maurer, Seyfritz ... Sabine!

SABINE Auf nach Island!

HELMUT Ach Sabine. Sei halt auch ein bißchen verzweifelt.

SABINE Ein Blick auf dich genügt.

HELMUT Bitte, ich versteh das ja. Andererseits ... erloschene Vulkane ... ist das nichts? Wenn noch Glut, dann tief innen, unsichtbar ... Island, das wär's. Dieser Klaus hat ...

SABINE Sag doch nicht immer d i e s e r Klaus. Von jetzt an sagst du einfach: Klaus.

HELMUT Von jetzt an sag ich Klaus. Lieber Klaus, werde ich sagen, wenn der hier eintritt. Lieber Klaus! Sehr freundlich von dir, uns zum Segeln einzuladen, aber, was mich angeht, ich kann nur für mich sprechen, nicht aber für Sabine, sobald jemand zu mir freundlich ist, spüre ich, daß ich nicht mehr so freundlich bin, wie ich einmal war. Ich glaube, ich scheine jetzt freundlicher, als ich bin. Manchmal tut's mir sogar richtig leid, daß ich nicht so freundlich bin, wie ich scheine. Also, trau mir, bitte, nicht. Um deinetwillen. Am besten, du gehst sofort wieder. Wir haben uns nicht getroffen. Adieu. Wenn es dir guttut: ja, ich fliehe. Wer sich mir in den Weg stellt, wird ... Ich will mich nicht aussprechen. Mein Herzenswunsch ist zu verheimlichen. Diesen Wunsch habe ich mit der Mehrzahl aller heute lebenden Menschen gemeinsam. Wir verkehren miteinander wie Panzerschiffe nach nicht ganz verständlichen Regeln. Der Sinn dieser Regel liegt in ihrer Unvernünftigkeit. Je mehr ein anderer über mich wüßte, desto mächtiger wäre er über mich. *Stille.*

SABINE *prüft die Sprudelvorräte:* Hoffentlich mögen die Überkinger.

HELMUT Bist du einverstanden mit meiner Rede?

SABINE Bist du einverstanden mit meinem Rock?

HELMUT Also noch nie in meinem Leben mochte ich dieses Wort: b e z i r z t. Ich habe b e z i r z t immer verabscheut. In jeder Form. Und jetzt muß ich es gebrauchen. Du zwingst mich dazu. Du bist bezirzt. Von diesem ... entschuldige, von Klaus.

SABINE Abgegrast hast du sie mit deinen Blicken.

HELMUT Dann darf ich doch erst recht nicht auf ein Boot mit denen! Mein Gott Sabine! Auf eine Jolle! Ich bitte dich. Er will uns doch nur auf dem Boot haben, daß er uns seine blonde Trophäe noch ein bißchen aufdringlicher präsentieren kann. Ein bißchen ausgezogener. Oben ohne! Ohne mich, Sabine. Endgültig. Aus.

Amen.

SABINE Schwächling.

HELMUT Nicht schimpfen, schützen! Aber bitte, wenn du segeln mußt, mußt du segeln. Ich muß nicht.

SABINE Ich muß nicht, aber ich mag.

HELMUT Ich muß nicht und ich mag nicht. Geh allein.

SABINE Klaus will aber dich! Zu mir kann er nicht Weißt-du-noch sagen. Wenn du die blonde Trophäe nicht aushältst, dann ...

HELMUT Wir ziehen die Vorhänge zu. Frau Zürn soll sagen, die Halms haben plötzlich weg müssen. Dein Bruder hat uns abgeholt. Deinem Vater geht es nicht gut ...

Er will die Vorhänge zuziehen.

SABINE Hör auf!

Er ist wieder im Sessel.

HELMUT Und dann hocken wir hier im Trüben, in der Hitze, in der Schwüle und schwitzen vor uns hin, das fänd ich toll. Bloß keine Leute mehr, Sabine, dann ist alles gut. Ich halt es aus mit dir, eine Ewigkeit. Und gern. So gern!

Es klopft.

SABINE Dazu hätte ich auch etwas zu sagen.

Ohne ein Herein *abzuwarten, kommt Klaus herein, hinter ihm Hel.*

KLAUS Sowas von einem impotenten Sack! Dieser

See. Am Morgen so ein halbes Lüftchen, aus. Mehr kann er nicht pro Tag. Wir sind praktisch hergerudert. Durch eine Landschaft aus lauter schwülen Lappen. Alles hängt, hängt, hängt.

SABINE *serviert:* Ein Glas Sprudel vielleicht. Ganz einfacher Überkinger.

KLAUS Oh ... danke, Sabine. Überkinger, den schätzen wir sehr. Zum Wohl! *Bevor er trinkt:* Und ihr? Das geht doch nicht. Sabine!

Sabine schenkt sich und Helmut auch ein.

SABINE Zum Wohl.

Alle trinken jetzt.

KLAUS *zu Hel:* Gut, der Überkinger. *Sieht sich um:* Wie lange kommt ihr schon hierher?

SABINE Elf Jahre.

KLAUS Und immer hier ...?

SABINE Ach, meistens ist man ja doch am Wasser.

HEL Wir sind auch schon zum dritten Mal hier.

KLAUS An diesem toten Teich.

SABINE *zu Hel:* Und immer in Maurach?

KLAUS Immer in Maurach.

SABINE Das ist schon lustig. Da laufen wir schon drei Jahre an einander vorbei.

KLAUS Das ist wirklich lustig, Helmut! Wir hätten uns schon vor drei Jahren treffen können. Wie findest du das?! Das ist doch lustig, oder?!

HELMUT Ja, sehr lustig.

KLAUS Wir kämen ja wirklich nicht mehr hierher,

wenn Hel nicht dieses Buch schreiben möchte.

SABINE Ach, Sie ... schreiben ein Buch ...

KLAUS Sie! Mensch, Sabine! Wenn wir auf meinem Boot wären, würde ich das sofortige Du befehlen. Helmut, hier befiehlst du. Befiehl uns das Du!

HELMUT Mit Sprudel?

KLAUS So ein Sprudel aus der Tiefe des Gesteins hat tausendmal mehr Geist als jeder Wein! Erdgeist! Tiefendimension!

HELMUT Versetzt mit Kohlensäure.

SABINE *kommt schon mit der Weinflasche:* Daran soll's nicht scheitern, lieber Helmut.

Sie schenkt sich und Helmut Wein ein. Er schaut sie schwer an, als sie ihm das Glas hinhält, bis er's nimmt.

KLAUS Also, jetzt. Ihr zwei seid ja wohl schon per Du.

HELMUT Wir waren, bis vor kurzem.

KLAUS Komm, fang an.

HELMUT Helene ...

KLAUS *lacht.*

HEL Hel. Klaus hat meinen Namen modernisiert.

KLAUS Ist sie vielleicht eine Helene? Los jetzt, noch einmal.

HELMUT Hel.

HEL Helmut.

KLAUS Und Kuß!

Hel führt, Helmut folgt.

KLAUS Sabine, das machen wir besser. Komm! Sabine!

SABINE Klaus!

Sie machen es besser.

HELMUT Du ... du .. du schreibst also ein Buch, Helene?

KLAUS Das macht er mit Fleiß.

HELMUT Entschuldigung. Ich bin, glaub ich, nicht modern, Hel.

KLAUS Ja, sie schreibt ein Buch.

HEL Nur so eins per Tonband.

KLAUS Es wird heißen *Großmutters Mund.* Hel fährt in die Dörfer im Hinterland, erfragt beim Bürgermeister die fünf ältesten Frauen, von denen sucht sie die drei flottesten aus, die läßt sie reden, auf Band. Was die noch im Koppe haben an gutem Rat und alter Zeit. Großmütter sind in. Sie hat schon 37 Bänder voller Großmütter.

HEL Hoffentlich geht das Buch dann besser als meine Kräuterfibel.

KLAUS Red nicht, Süße. Deine Fibel ist der Dauerbrenner. Die wird uns nähren auf den Bahamas bis ins neunzigste Jahr. Ja, Leute, wir hoffen, diese flaue Lache samt der ganzen betonierten Republik demnächst hinter uns lassen zu können. Adieu Maurach, adieu Betonistan, hello Bahamas. Da wartet ein Passat auf uns! Steif, frisch, beständig!

HELMUT Könnte sein, daß hier auch noch etwas kommt, heute.

KLAUS Das ist doch prinzipiell lahm hier ...

Helmut hat noch zwei Gläser geholt und will Wein einschenken. Klaus wehrt ab, dann auch Hel.

KLAUS Nein, bitte nicht. Alkohol kann ich mir nicht leisten. Ich bin ja kein Beamter geworden. Ich muß fit sein. Zum Beamten hätte ich nicht die Seelenstärke gehabt. Ich wäre einfach verkommen. Ein spießig verwitterndes Harnsäurekonzentrat wär ich geworden. Ich brauche die Herausforderung. Die Wildbahn. The daily challenge. Allerdings, wo jetzt die Schülerinnen immer geiler werden, das kann schon auch ein challenge sein, was? Wie viele Schülerinnen hast du schon gebumst, Helmut? Sabine, es ist immer besser, man weiß Bescheid. Sobald er's beichtet, ist doch alles gut. Also, Helmut, komm, nicht so verklemmt. Ein bißchen mehr zwanzigstes Jahrhundert, bitte. Ich seh's, ich war zu forsch. Entschuldige Helmut. Wir haben uns dreiundzwanzig Jahre nicht gesehen. Ich dachte einfach an früher, du, uns allen voraus, mit Nietzsche und so. Hel, jetzt schau nicht wie ein Rasiermesser bei Mondschein. Mit einem Freigeist wird man wohl noch übers Bumsen reden dürfen, oder?! Du magst mich nicht mehr, ja?!

Hält das Gesicht hin, sie küssen einander. Helmut und Sabine sehen einander an.

Helmut, was ist aus dir geworden?

HELMUT Ein Kleinbürger.

KLAUS *lacht unbändig:* Daran seh ich, daß du noch der alte bist. Immer so bizarr wie möglich. Ein Kleinbürger, sehr gut!

HELMUT Du täuschst dich. Ich meine, was ich sage. Ich bin ein Kleinbürger und möchte nichts anderes sein. Wem das nicht recht ist, der ...

Er zuckt mit den Schultern und trinkt.

SABINE Dazu hätte ich auch etwas zu sagen ...

KLAUS Das nehm ich doch stark an, Sabine. Ich möchte alles wissen von dem Sternbild meiner Jugendtage! Vom Tag und Nacht Feuer speienden H. H. Ja, das war er, damals. Ihr werdet sehen, nirgends redet sich's so schön wie auf einem Boot, das flott am Wind geht und jedes Wort mit dem Generalbaß der Bugwelle begleitet. Na, Hel, also jetzt sag doch, daß ich das hübsch gesagt habe.

HEL Das hast du hübsch gesagt.

KLAUS Sie mag mich nicht mehr. Deine Schuld, Helmut. Du hast sie beeindruckt. Bezirzt hast du sie. Ja, ja, das mag sie, daß einer nichts sagt. Schweigen, toller Trick. Was, Sabine! Wir zwei müssen die Mühle am gehen halten, und unsere zwei Gefährten üben sich in klotzigem Edelschweigen.

SABINE Auch wenn's nicht gerade ein Trick ist, er weiß auf jeden Fall, was er tut, wenn er ... schweigt.

KLAUS Sie auch. Oh ja. Ich finde es gemein, anderen zu zeigen, daß man sie nicht braucht.

SABINE Dieses Insichruhen, widerlich.

KLAUS Es spricht doch nicht gegen einen, wenn man andere braucht.

SABINE Selig sind, die es nicht allein aushalten.

KLAUS Sabine, du formulierst meine Religion.

SABINE Hat er eigentlich getanzt früher?

KLAUS Warum, tanzt er nicht mehr?

SABINE Keinen Schritt.

KLAUS Heute abend gehen wir tanzen. Aber ja. Helmut, heute gibt es Tänze, da tanzt jeder allein. Genau das, was du brauchst. Wir zwei tanzen miteinander, Sabine!

SABINE Du glaubst nicht, wie ich mich darauf freue. Hel und Helmut können solange ... philosophieren.

HEL *zu Helmut:* Du glaubst nicht, wie ich mich darauf freue.

HELMUT Ach. Danke. Ich ... auch.

KLAUS Aber die Segelei findet statt! Ihr werdet sehen, wie wir zusammenfinden, wenn das Boot uns wiegt. Helmut, alles Schroffe, Unvereinbare

... es ver – flüch – tigt sich. Die Natur, Herr Nietzsche, vergessen Sie nicht, aus was Sie sind, Herr Professor. Einmal pro Woche wird dieser schlappe Sack von See wohl noch können. Dann segeln wir einen scharfen ab mit euch. Was, Sabine! Wenn ich an die Ägäis denke. Seid ihr schon mal in der Ägäis gesegelt? *Helmut und Sabine schauen einander an.* Da ist was los, oh je. Hel, stimmt's? Mußten wir uns nicht festgurten, um nicht über Bord gespült zu werden. Zwölf Stunden lang, die Pinne nicht aus der Hand gelassen. Hel, stimmt's? Einmal blies der Boreas so, daß wir drei Tage nicht aus dem Hafen kamen. Und dann schau dir das hier an! Weißt du noch, Hel, wie wir von Thasos nach Rhodos mehr unter den Wellen durch als über sie hin rasten. Der helle Wahnsinn war das. Helmut, das ist das Leben! Ich freu mich nur noch auf die Bahamas. Auf den Passat. Steif, frisch, beständig. Sobald wir unser Mietshaus am laufen haben, geht's ab. Kommt doch mit!

HELMUT Das Hinterland hier ... ich meine, wenn ihr in den Dörfern wart ... das ist noch ziemlich paradiesisch. Finden wir.

KLAUS Ziemlich paradiesisch, so, so.

SABINE Die Hochwälder. Wälder wie lauter Dome. Nur daß das Licht lebendiger und die

Luft besser ist. Helmut sagt immer: das sind Wälder, die noch das alte Gefühl der Endlosigkeit erzeugen.

KLAUS Ecce Poeta! Wie früher. Helmut, der Prophet in Hosenträgern! Immer schon. Pubertät mit Dornenkrone, das war sein Trick.

HELMUT *gepeinigt:* Nicht!

KLAUS Aber ja. Schon in der Schule, immer die schmelzendsten Stimmungsbilder hingelegt. Und dann: ausschweifendste Wortgebilde mit gänzlich interesseloser Stimme vorgetragen. Der hatte Formulierungen drauf, Hel, wahnsinnig. Mit vierzehn *Zarathustra* gelesen. Im Leuze! Aber ja, Helmut, tu nicht, als hättest du das vergessen. *Zarathustra* mit vierzehn, in der Badehose, im Leuze. Er hieß bei uns nur der Leuze-Nietzsche. Und zwar *Zarathustra* auf französisch! Jawohl, Hel. So ein Snob war er. Ist er wahrscheinlich immer noch.

HELMUT Sabine, frag ihn, von wem er redet.

KLAUS Weißt du noch, in Tübingen, als ich versuchte, hinter dir herzustudieren, und dann schaffte ich noch vor dir den Absprung, ohne Prüfung zwar, aber ich hatte den Job, in Edinburgh. War nachher zwar Essig, aber immerhin, in Tübingen war ich eine Abschiedswoche lang der große Mann! Jawohl! Das wird Helmut nicht abstreiten können! Weißt du noch, auf dem Marktplatz, am Brunnen, die Geranienkisten, weißt du das noch, Helmut?!

HELMUT Wir glauben dir auch so, daß dein Gedächtnis noch jugendlich frisch ist. Mich darfst du nicht fragen. Ich weiß nichts mehr. Hinter mir ist Friedhof.

SABINE Erzähl doch, was war mit den Geranienkisten?

KLAUS Das war unheimlich gut. Die Geranienkisten standen auf der Mauer des Marktplatzbrunnens. Helmut befahl mir, im Marktplatzbrunnen zu baden. Wir mußten zwei dieser Kisten herunternehmen. Dann zog ich mich aus. Nackt. Und siehe da, die Theologiestudentin, Helmut, du weißt doch, die mit dem Marika Rökk-Gesicht und der gestickten Bluse, also jetzt tu nicht so, Helmut, die kannst du nicht vergessen haben, mit so halblangen, nach innen gedrehten Haaren, und oben auf den Haaren ein Zopf, der dann links und rechts in ihnen verschwunden ist oder aufgehört hat! Helmut, du warst hinter der genauso her wie ich, tu nicht, als sähst du die nicht noch genau vor dir?

HEL Vielleicht sagst du einfach, was mit der war. Warum erwähnst du sie überhaupt.

KLAUS Die hat sich umgedreht. Als ich mich auszog.

HEL Und?

KLAUS Sie hat sich umgedreht. Ich zieh mich aus. Splitternackt. Und die dreht sich um.

HEL Aha.

HELMUT Sie war aus Worms.

KLAUS Richtig. Oh Helmut, Helmut genau, die war aus Worms, dieser Ton, natürlich war die aus Worms. Die war sowas von aus Worms. Mein Gott, war die aus Worms, Helmut, was?!

HEL Hast du's gehört, Sabine, die hat sich umgedreht und war aus Worms.

KLAUS Na ja, Mädchen, daran kannst du nicht rühren! Die war aus Worms. Was Helmut? *Zu Hel:* Du magst mich nicht mehr, gell?

Er holt sich einen Kuß, den Hel launisch gibt. Helmut und Sabine trinken Wein. Helmut trinkt ziemlich heftig. Klaus beobachtet dieses Trinken.

HELMUT Jetzt bleibt mir gleich der Schluck im Halse stecken, wenn du mir so zuschaust.

KLAUS Trink nicht so viel.

Im Gegensatz zu Klaus dramatisiert Helmut nicht, sondern spricht flach, schnell, leicht.

HELMUT Das ist schon einmal passiert. Ja, dem großen schwedischen Philosophen Emmanuel Swedenborg ist das passiert. Der hat, als er schon über fünfzig war und ein berühmter Mann, einmal allein in seinem Zimmer in einem Londoner Hotel zu Abend gegessen. Plötzlich hat er in einer Ecke seines Zimmers einen Mann wahrgenommen, der in dem Augenblick zu Swedenborg herübersagte: Iß nicht so viel.

HEL Und wie hat der Philosoph reagiert?

HELMUT Von dieser Stunde an nahm er nur noch eine Semmel in gekochter Milch zu sich und viel Kaffee. Den aber unmäßig süß.

KLAUS Bitte Hel, merk dir den Namen, der interessiert mich. Eine Semmel pro Tag oder pro Mahlzeit?

HELMUT Keine Ahnung.

KLAUS Schade. Alles merkst du dir, den Namen, die Nationalität, die Lokalität, die Bestandteile, und dann vergißt du die Mengenangabe. Hel, begreifst du das?

HEL Helmut ist eben nur an Qualität interessiert.

KLAUS Aber ohne genaue Quantität gibt's doch keine Qualität. Trink nicht so viel! Helmut! Sabine, du auch.

SABINE Jetzt trink ich gleich Sprudel. Dieser stumme Vorwurf geht mir an die Nieren.

HELMUT Stumm, na.

HEL Klaus ist Gesundheitsprofi! Ihr habt ihn nie im Fernsehen gesehen?

SABINE Wir kommen so gut wie nicht zum Fernsehen. Wir lesen einfach zu viel.

KLAUS Irgendwie ist das für mich beruhigend, daß es noch solche Menschen gibt.

HEL In deinem Buch *Aufzählung des Grünen* heißt es: Leser sind die grüne Lunge der Menschheit.

KLAUS Hel! Du kennst mich auswendig! Ich glaube, du magst mich doch noch ein bißchen. *Er küßt sie unbekümmert.*

KLAUS Und was lest ihr denn da immer abends?

HELMUT De Sade.

SABINE Masoch auch.

KLAUS Ihr seid mir so zwei.

HELMUT Das stimmt.

SABINE Helmut ist seit Jahr und Tag dabei, ein Buch zu schreiben. Die Schule frißt ihn einfach auf. Und in den Ferien ... ich.

HEL Ich hätte nie ein Buch geschrieben. Er hat mich praktisch gezwungen dazu. Ich hab auch gar keins geschrieben. Pfarrer Künzle ins Neudeutsch übersetzt. Wo bei ihm Gott steht, Natur eingesetzt. Kennt ihr *Chrut und Uchrut?*

SABINE Nein.

KLAUS Deswegen kommen wir überhaupt in diese Gegend, um den Pfarrer Künzle besser zu verstehen.

HEL Aber Klaus plant jetzt ein großes Bodensee-Buch. *Laß Europa aus dir trinken.*

HELMUT Wie bitte?

HEL So soll es heißen, das Buch.

SABINE *Laß Europa aus dir trinken.* Wunderschön.

KLAUS Bitte, glaub jetzt bloß nicht, ich sei ein fleißiger Mensch geworden! Du bist ein fanatischer Arbeitsmensch geworden, stimmt's?!

HELMUT Stimmt.

SABINE Wenn er liest, er kommt von keiner Seite als der zurück, der die Seite aufschlug.

HELMUT *pfeift beifällig.*

SABINE Ich komme da schon lang nicht mehr mit. Das kennst du ja, Klaus, daß er einen spüren läßt, man komme nicht mehr mit.

KLAUS Seine Spezialität.

SABINE Ich glaube, wir zwei kennen ihn.

HELMUT *zu Hel:* Sind Sie ... bist du auch so gegen Arbeit?

KLAUS *rasch:* Nur Leute, bei denen es erotisch nicht stimmt, brauchen Arbeit.

SABINE Dazu hätte ich auch etwas zu sagen ...

HEL Arbeit ist Ersatz für Erotik. Sagt Klaus Buch.

KLAUS Ich gehe sogar so weit: das Erotische, ernst genommen, ist seinerseits die Vernichtung des Arbeitswillens. Wer leben will, darf sich nicht an Arbeit verlieren. Arbeit macht unfähig zur Liebe. Stimmt's? Oder magst du mich nicht mehr?

HEL *küßt ihn.* Er redet ein bißchen viel darüber. Das ist aber sein einziger Fehler.

KLAUS Heißt das, sonst bin ich ganz gut?
HEL *lacht.* Es geht.
KLAUS Das gibst du zu?
HEL *lacht und küßt ihn.* Ja, das gebe ich zu.
KLAUS Du bist achtzehn Jahre jünger als ich. Hast du zu klagen?
HEL *will ihm den Mund zuhalten.*
KLAUS Ich meine das ernst.
HEL Ich auch.
KLAUS Du magst mich nicht mehr, gell?
HEL Er muß immer darüber reden. Aber das ist sicher bloß Neid, weil ich's nicht so gut kann.
KLAUS Du magst mich nicht mehr, gell?
Sie küssen sich heftig, rangeln auf dem Sofa herum. Helmut und Sabine trinken.
KLAUS Mein Gott, ist das schön bei euch. Weißt du, Helmut, du hast für mich immer etwas Entferntes, Unnahbares, Einschüchterndes gehabt! Heute essen mindestens 75 000 Leute nach meinen Büchern. Jetzt halt ich dich aus, Junge.
HEL Klaus sagt, das Höchste, was der Mensch erreichen kann, ist einen Schwindel in die Welt zu setzen, der Hand und Fuß hat.
KLAUS Ja. Sowas wie die Pfahlbauten. Die Jungfräulichkeit Mariens. Die Psychoanalyse.
HEL Klaus Buchs *Wunder der Diät.*
KLAUS Und doch ist es ein Unterschied, wenn man, was man macht, selber als Schwindel be-

zeichnet und wenn das ein anderer tut. Das hat man davon, daß man so ein rohes junges Ding heiratet. Herta hatte viele Fehler. Eine ironische Bemerkung, die ich über mich mache, gegen mich anzuwenden, das hätte sie nicht getan. Du magst mich nicht mehr, gell. *Kuß.* Helmut, kennst du das Gefühl, eine Küchenschabe zu sein? Ich seh's, du kennst es nicht.

Zu Sabine: Helmut hat mich ganz schön zappeln lassen, damals. Weißt du noch? Doch, doch. Weil meine Eltern ein protziges Haus am Hang hatten mit Zwetschgenbäumen und Brombeerwildnis. Helmut hat jeden Besuch bei uns verweigert. Sogar Mitschüler hat er aufgehetzt, nicht mit mir heimzugehen.

HELMUT Auf Klaus Buchs Kinder- und Hausmärchen. *Trinkt.*

KLAUS Du warst ein Klassenkämpfer.

SABINE Das ist er nicht mehr.

KLAUS Damals habe ich natürlich seinen geheimen Haß gegen unser Haus nicht begreifen können. Ich hab gedacht, du hast was gegen mich persönlich. Wenn ich nicht bei der Gruppenonanie hätte beweisen können, daß ich es penismäßig mit jedem anderen aufnehmen kann, ich wär verzweifelt damals. Aber die hab ich ganz schön in den Winkel gestellt. Penismäßig! *Lacht.* Oder, Helmut? Helmut, das mußt du doch zugeben, oder?!

SABINE Penismäßig, Helmut, verstehst du!

HELMUT Sicher. Ja, ja, sicher. Was soll ich denn noch sagen?! Da ich nichts mehr weiß, muß es genügen, daß ich zustimme.

KLAUS Was, du weißt das nicht mehr? Einer der schönsten Augenblicke unseres erotischen Vorfrühlings. Im Keller von Rolf Eberle, in der Rotenwaldstraße, als wir es wieder einmal probierten.

HELMUT Also Klaus, ich weiß nicht, ob das ... interessiert, was du dir ...

SABINE Natürlich, erzähl nur.

KLAUS In Rolf Eberles Keller. Wir waren alle schon ganz schön am Reiben. Es war ja dunkel. Licht durften wir nicht machen, sprechen auch nicht. Also alle tief drin im pursuit of happiness, wir glaubten, wir hätten alle schon unsere schmerzhaft schöne Lust in Betrieb, da hörten wir plötzlich Helmuts Stimme ganz ganz leise sagen: jetzt bin ich ans Pure kommen. *Er lacht, die Frauen mit.*

HEL Ach wie lieb.

HELMUT Hahahaha. *Er lacht opernhaft.*

KLAUS Jetzt bin ich ans Pure kommen. Jedem war klar, daß es unserem H. H. zum ersten Mal gelungen war, seine Vorhaut über die Eichel zurückzuziehen.

SABINE Mein Armer!

HELMUT Kompliment, Klaus! Du siehst, Sabine glaubt schon, was du erzählst, sei tatsächlich passiert.

KLAUS Ist es nicht?

HELMUT Spielt das wirklich eine Rolle?

KLAUS Das enttäuscht mich aber, Helmut, daß du diese rührenden Kindheitsmomente nicht mehr wahrhaben willst.

HELMUT Ich weiß nur noch, daß du ein Vollballonrad hattest. Das ist alles, was ich noch weiß von dir. Du hattest ein Vollballonrad.

KLAUS Das stimmt. Mensch, Helmut, ich habe schon fast gefürchtet, du willst mich nicht mehr kennen. Das Vollballonrad hatte weiße Reifen, Hel. Und eine Stromlinienlampe.

HELMUT Ich habe dich gehaßt wegen dieses Rads. Nur weil du dieses Rad hattest. Euer Haus war mir egal. *Zu Hel:* Mein Vater war Kellner im Hindenburgbau.

HEL Oh wie schön.

Helmut begreift diesen Satz Hels nicht.

HELMUT Du warst ziemlich isoliert. Wegen dieses Rads. Dadurch ist deine Phantasie angeregt worden. Möglicherweise auch sexuell. Jeder kompensiert.

KLAUS Möglicherweise auch sexuell. Das klingt ganz schön gemein, mein Freund. Um diesen

Punkt werd ich mit dir ringen. Daß du die heiligsten Momente unserer Kindheit zum Hirngespinst machen willst, das laß ich dir nicht durch. Solche Kindheitsflämmchen tritt man nicht einfach aus.

HELMUT Also gut. Lassen wir ihm seine Infantilcreationen.

Hel küßt ihn dafür auf die Schläfe.

SABINE Don't spoil him.

HELMUT Zu spät.

SABINE Und jetzt?

KLAUS Luft!

HELMUT Bitte nicht.

SABINE Helmut kann es gar nicht feuchtwarmstikkigschwül genug sein.

KLAUS Wie der das hier aushält im Anzug! Helmut, du brauchst Tropen.

HELMUT Ich leide unter kalten Fersen. Immer.

HEL Jetzt auch?

HELMUT Ja.

HEL Da muß man was dagegen tun.

KLAUS Kneipp.

HEL Nein ...

Sie ist schon bei Helmut.

HEL Komm, schön gib Pfötchen.

HELMUT Sabine!

SABINE Hel ist eben auch ein Gesundheitsprofi.

Hel klemmt sich Helmuts Fuß zwischen die

Beine, daß Helmut, während sie aus ihrer leichten Segelweste schlüpft, den Fuß nicht zurückziehen kann. Dann massiert und reibt sie. Sie hat jetzt nicht mehr viel an.

KLAUS Wie oft bumst ihr noch, Sabine? Sagen wir mal, pro Woche?

SABINE Wir? Helmut, bitte ...

KLAUS Hel, ich glaube, da sind wir an zwei echt Verklemmte geraten.

HELMUT *heftig:* Ja! Ja! Ja! Und bitten, so bleiben zu dürfen.

KLAUS Hel, ich glaube, die brauchen uns. Schönes Gefühl. Ihr müßt gerettet werden, das spür ich. Ihr seid ein im Erlöschen begriffenes Ehepaar, stimmt's. Mensch, Sabine, ich seh dir das an, du willst raus aus diesem Ehesarg. Helmut, ich will dich doch nicht beschämen! Die alte Küchenschabe, nichts gewesen, nichts geworden, du, mindestens Studiendirektor an irgend so einem ehrwürdigen Bildungsschuppen. Ich will doch nicht den tollen body spielen. Meine erste Frau hab ich am Schluß noch einmal pro Woche gebumst, sowas von herunter war ich. Ich bin überzeugt, Sabine, daß Helmut mit dir eine schön bizarre Bumskultur entwickelt hat. Aber dann seid ihr entglitten, entschlafen. Wie viele Ehepaare sieht man herumhängen, Denkmäler für verblaßtes Interesse, leerlaufendes Leben.

Jetzt schaut ihn euch an, sitzt er nicht da wie das leibhaftige 19. Jahrhundert, schnauft mit offenem Mund, den Blick erlösungssüchtig nach schräg oben!

HEL Tut's gut?

HELMUT Sabine!! Bitte!!

SABINE Ob's gut tut, Helmut?!

KLAUS Also das hat sie bei mir noch nie gemacht, mit den Fersen. Sabine, wenn du kalte Fersen hast, sag es bitte. Wenn du irgendeine kalte Stelle hast, sag es. Ich finde es einfach nicht gut, wenn jeder mit seinem Problem lautlos vereist. Schreien muß man. Weißt du, warum ich mich letzten Endes dann doch scheiden ließ? Nur weil es Herta immer schlecht wurde beim Bumsen. Gut, ich steh nun mal unheimlich aufs Federn. Herta überhaupt nicht. Als echte Kleinbürgerin hat sie sich natürlich gerächt. Die Kinder gegen mich aufgehetzt. Bloß keine Kinder mehr! Bumsen, bloß um Kinder in die Welt zu setzen, der Inbegriff der Kleinbürgerlichkeit.

HEL Tut es gut, Helmut?

HELMUT *eifrig:* Es ist ein Mißverständnis. Ich leide manchmal unter kalten Fersen. Manchmal. Also jetzt, zum Beispiel, nicht. Hel, entschuldige. Das ist ... du machst das ... großartig. Das ist professionell, Sabine. Absolut. Aber unnötig. Ganz und gar unnötig.

SABINE Leider hab ich keine kalten Stellen.

KLAUS Das ist mir klar, Sabine, du hast nur warme Stellen. Sabine, du bist überhaupt eine warme Stelle in dieser kalten Welt.

Hel hat immer noch Helmuts Fuß in ihrem Schoß. Aber sie tut nichts mehr.

SABINE So schwül wie heute war es in elf Jahren nicht.

HELMUT Das Gewitter kann nicht mehr weit weg sein.

KLAUS Schön wär's, dann machen wir noch einen kleinen Törn. Helmut, jetzt sag mir bloß, wie hat der Physikpauker immer gerufen im Parterre?

HELMUT Welcher Physikpauker?

KLAUS Mensch, Helmut, der immer gebrüllt hat: das Untergeschoß gehört mir oder so ähnlich. Ich brauche den Satz. Wenn du nicht ganz genau den Satz hast, hast du gar nichts. Ein Wort an der falschen Stelle und der Satz ist taub, tot. Sobald du das Wort an die richtige Stelle kriegst, »Sesam öffne dich«, der Pauker steht da, brüllt, du stehst da, alles klar. Jetzt hilf mir doch, Helmut. Bitte

HEL Jetzt hilf ihm doch. Bitte. Seht ihr nicht, wie er leidet. Er wird schon ganz blau vor Erinnerungs-Sauerstoff-Knappheit.

HELMUT *automatisch:* Der ganze untere Stock gehört der Physik.

KLAUS *brüllt:* Ja. *Er springt auf.* Ja. Der ganze untere Stock gehört der Physik. *Schlägt Helmut auf die Schulter.* Das war er. Der ganze untere Stock gehört der Physik. Mensch Helmut.

SABINE Warum fällt dir das grad jetzt ein?

KLAUS Der ganze untere Stock gehört der Physik. Das ist ein Satz, Sabine. Wir vergehen hier vor Gewitterschwüle und unanbringbarem Lebensüberfluß, und da, wie ein wunderbares Wetterleuchten, zeigt sich der Satz: Der ganze untere Stock gehört der Physik. Danke, Helmut.

HEL Helmut hat so einen schönen kleinen Fuß. *Jetzt zieht Helmut seinen Fuß jäh zurück und zieht seinen Schuh wieder an.* Sabine, ich glaube, du hast einen wahnsinnig lieben Mann.

HELMUT Schluß jetzt. Das ist nur das Wetter. Ihr kennt das noch nicht so. Hier, vor Gewittern, wenn die Luft so ganz dick wird und warm, daß du glaubst, sie ... sie faßt dich an. Die Luft, die greift richtig nach einem. Vor einem Gewitter, hier. Stimmt doch, Sabine.

SABINE Helmut ist ein Gewitterstimmungsspezialist, das stimmt. Wenn alle kaum mehr können, lebt er auf.

KLAUS Heute aber nicht.

SABINE Stimmt. Heute nicht, Helmut. Was ist denn? Er sieht aus, als friere er. Hel! Findest du nicht auch, er friert.

HEL Ich würde ihm so gern helfen. Es ist ihm unangenehm. Leider.

SABINE Helmut, ist dir das unangenehm, wenn Hel dir hilft?

Draußen wird sichtbar der Widerschein der Sturmwarnung, 1. Stufe.

KLAUS Los, laß es uns wissen, alte Problemschraube! Wir stehen alle um dich herum wie um das Kind in der Krippe. Der untere Stock gehört der Physik, Helmut. Ist das klar? Stell dich endlich, Mensch. Du haust ja andauernd ab. Da ist das Leben und du rennst fort.

SABINE Rennst du fort, Helmut?

KLAUS Ran, Sabine, stopp ihn! Wirf dich ihm in den Weg.

HEL Wir gehen ihm auf die Nerven.

KLAUS Wir dürfen nicht nachgeben. Hel, bitte, hier steht ein Leben auf dem Spiel! Allein fängt sich der nicht mehr, das sage ich euch. Jetzt schaut nur, dieser Blick. Als werde ihm Unrecht getan. Gleich springt er auf und ... Achtung, das kenn ich. Von Pferden. Keine falsche Bewegung jetzt. Er muß wissen, daß wir uns ihm in den Weg werfen. Er muß spüren, wir riskieren alles. Hel, du kannst es, nur du. Ich weiß das. Du hast es in jedem Finger, in jedem Haar. Wenn du ihn berührst ... Elektrisier ihn ... Da hilft nur ein Schock ... Zeig ihm, wovon er wegläuft. Komm, los, jetzt, jetzt, jetzt ... Action! Ja, Jawohl!

Hel hat sich Helmut auf den Schoß gesetzt, jetzt küßt sie ihn seriös und nicht bloß flüchtig. Er springt auf, dabei stößt er sie so von sich, daß sie fällt. Er hilft ihr auf. Sie bleibt einen Augenblick ganz nah bei ihm stehen, ihren Kopf an seine Schulter gelehnt. Draußen sieht man jetzt den Widerschein der Sturmwarnung, 2. Stufe.

HEL Entschuldige, Helmut. Klaus ist ein Dompteur. So ist er immer. Immer muß er dressieren. Verletzen.

KLAUS Leben tut weh. Basta! Der ist doch einfach feig.

HELMUT Ist das verboten?!

SABINE Das Gewitter müßte eigentlich schon da sein.

HELMUT Wir sollten ... unseren Gästen ... etwas anbieten, Sabine.

SABINE Aber was? Wir sind so unvorbereitet auf Besuch. Soll ich Frau Zürn fragen, ob ...

HELMUT Du gehst mit Hel vor ins Dorf, einkaufen. Klaus und ich gehen ans Wasser hinab. Ziehen das Boot an Land, bevor der Sturm es herauswirft. Vielleicht reicht es sogar noch zu einem kleinen ... zu so einem ...

KLAUS Törn. Mensch, Helmut! Hel, gratuliere!

Du hast ihn gestoppt. Gerettet! Sabine, was sagst du dazu?!

SABINE Schön, sage ich dazu. Aber aufpassen ... Klaus, es könnte sein, er schlägt plötzlich noch eine Volte ... und haut doch noch ab.

KLAUS Keine Sorge. Holt ihr das Futter, wir widmen uns dem Leben! Bis nachher!

HEL *zu Helmut:* Bis nachher!

HELMUT Ja. Bis nachher!

KLAUS Und heute abend wird getanzt. Aber wie! Bis die alten Pötte überkochen.

SABINE Also. Sei lieb, ja?! Du! Leuze-Nietzsche, du!

HELMUT Dazu hätte ich auch noch etwas zu sagen.

SABINE Nachher, Schatz.

Die Frauen gehen.

KLAUS Sabine ist eine echt brutale Frau. Ich sehe ganz klar, daß du das nicht mehr merkst. Das ist das Problem. Sie bringt es nicht mehr. Für dich. Auch die brutalste Frau kann in unserem Alter eine Gefahr sein, wenn sie es nicht mehr bringt. Auch Hel könnte eine Gefahr werden für mich. Wenn sie es nicht mehr bringt. Aber sie bringt es noch. Und wie. Hel ist für mich ein challenge. Sie ist zuviel für mich. Ich schaffe sie nicht. Ich kämpfe um sie. Tag und Nacht. Das hält fit, klar. Das Leben braucht den Reiz, sonst erlischt es. Bei Lebzeiten. Beim Ethischen, Moralischen ist das vielleicht anders. Das Geistige, das kann vielleicht die Spannung aus sich selber erzeugen. Weiß ich nicht. Ist dein Feld, Junge. Das Lebendige braucht den Stoß. Das ganz Neue. Dem Lebendigen kann nichts neu genug sein. Je neuer desto lebendiger. Das total Unvorhersehbare, das ist das Lebendige. Komm mit auf die Bahamas, Helmut. Sobald ich hier das Mietshaus am laufen habe, hau ich ab. Mit Hel! Wenn du vier Wochen im Bett liegst, kannst du keinen Kilometer mehr gehen, so völlig verschwunden sind deine Muskeln. So ist es mit allem. Helmut, ich bin fasziniert vom Leben. Wenn mir ein Regentropfen auf der Haut zerplatzt, könnte ich schreien vor Begeisterung. Wenn ich in einen Baum schaue, könnte ich aufschreien vor Liebe zum Chlorophyll. Aber ich habe Angst, dumm zu werden, Helmut. Ich bin in Gefahr, ich weiß das. Ich möchte brillant bleiben, verstehst du, glänzend, großartig, fein, durchdringend fein. Unzerreißbare Seide möchte ich sein, Wildseide. Ich bin ein Anbeter meiner selbst. Hel betet mich in gewisser Weise auch an, weil sie mich für intelligenter hält, als ich bin, verstehst du! Ich mach ihr was vor. Ich halte sie kleiner, als sie ist. Ich verführe sie zu Tätigkeiten, denen sie nicht gewachsen ist. Für den Fall, daß ich sie nicht mehr schaffe, verstehst du. Was ich bräuchte, ist ein Mensch wie du, Helmut. Ehrlich. Als ich dich da sitzen sah, an der Promenade, ecco, das war Erscheinung. Mein alter H. H., die große Problemschraube. Helmut, wenn du mitkommst auf die Bahamas, sind wir beide gerettet. Da kannst du alles in der Badehose erledigen. Was gibst du auf hier? An welcher Schule bist du eigentlich?

HELMUT Am Ebe-Lu.

KLAUS Oh, gratuliere. Na ja. Du warst eben immer Spitze. Klar. Trotzdem wage ich es, weitgehende Vorschläge zu machen. Ich behaupte, es sei nötig. Du mußt gerettet werden. Du brauchst mich, Helmut, das spür ich. Deshalb vorher meine Frage, wie oft bumst du Sabine. Ich will dich doch nicht beschämen, Mensch. Mensch, Helmut. Mit mir kannst du reden, wenn du willst. Ich finde einfach, wir sollten, bevor wir 60 sind, noch einmal vom Stapel laufen. Und ohne dich bin ich in Gefahr zu verblöden. Das ist mir klar. Du bist echt ein challenge für mich. Du und Hel. Dann flutscht's. Alles klar?

HELMUT Ich weiß nicht, ob du das richtig siehst. Sabine und ich sind, so wie wir sind, durchaus, wie soll ich sagen ...

KLAUS Helmut, mach dir nichts vor. Du bist dir der Gefahr bewußt. Das spür ich. Vielleicht hast du schon resigniert. Ich glaub das nicht. Ich glaub eher, du spielst dir diese Resignation vor. Wenn es aber einmal ernst wird, wirst du schreiend zu fliehen versuchen. Zu spät. Dann bleibt nur noch eine Kurzschlußhandlung. Jetzt können wir den zweiten Stapellauf noch gemeinsam planen, daß er gelingt, ohne Wunden. Mein Angebot ist nicht barmherziger Art. Der pure Egoismus. Mach du von mir Gebrauch, dann mach ich von dir Gebrauch. Bloß keine Scham! Ein einziges Mal, zwei Männer helfen zusammen und erringen einen ungeheuren Sieg. Bleibt jeder für sich, muß er sich durchschwindeln, auf seine eigene miese Art. Beute machen, Beute in Sicherheit bringen. Beute verzehren. Wieder Beute machen. Ohne Höhe.

HELMUT *steckt sich die Zigarre wieder an, die ausgegangen ist.*

KLAUS Du kommst zu uns nach Wolfratshausen. Dann läuft das. Das läuft einfach, da bin ich ganz sicher. In Wolfratshausen sitze ich morgens von vier bis sieben nackt auf der Terrasse und höre den Vögeln zu. Es gibt nichts Akustisches, was dem gleichkommt. Ich habe in meinem Garten ein paar gewaltige Bäume, in denen fangen, bevor die Sonne ganz da ist, die Vögel an. Aber nicht zuerst der und dann der. Wie beim Orchester, alle auf einmal. Aber du siehst keinen. Also tönen die Bäume selbst. Und es klingt überhaupt nicht wie im Freien, sondern wie in einem Hallraum. Ein Riesenhallraum schwingt von Vogelstimmen. Die ganze Welt nur noch ein Kirchenschiff voll tönender Bäume. *Helmut ist ans Fenster getreten.* Hörst du mir eigentlich zu?

HELMUT Es geht los.

KLAUS Was geht los?

HELMUT Der Sturm. Jetzt kannst du den See erleben.

KLAUS Fabelhaft, Helmut. Er oder wir!

HELMUT Vielleicht unterschätzt du den See.

KLAUS Wie die Böen den jetzt narben. Das wird was. Wir beide, Helmut. Wir machen diesen Teich zur Schnecke.

HELMUT Oder er uns.

KLAUS Jepee, *Lucie in the sky.* Wir zwei sind die Größten. Ich schwör's dir. Uns will das Leben. Ich hol dich heraus aus deiner Flaute, Junge. Dich richt ich wieder her. Du wirst sehen, in einem Jahr kennst du dich nicht wieder. Du bist kurz vor dem Versacken. Ich schau da nicht zu. Dich törn ich an, Mensch. Dir mach ich einen Appetit in den Leib, daß du senkrecht in die Luft gehst. Wetten? *Rast los.* Herr Studiendirektor, auf geht's. Komm!

HELMUT Ja, ich komme. Ich komme schon.

Helmut sucht noch nach etwas. Er legt den Hut wieder weg. Über einem Stuhl hängt ein Schal von Sabine. Den nimmt er noch mit. Der Sturm hat inzwischen zugenommen.

Pause

2. Akt

Sabine und Hel. Der Tisch ist gedeckt. Sie warten schon ein paar Stunden. Sabine raucht. Der Sturm ist vorbei.

HEL Ich möchte auch rauchen. Wenn das geht. Entschuldige.

SABINE Ja. Bitte.

Hel raucht.

HEL Seit sechs Jahren ... die erste Zigarette. Klaus hat es mir ... abgewöhnt. Soll ich noch einmal zu Frau Zürn hinüber und fragen, ob sie etwas gehört hat.

SABINE *zuckt mit den Schultern.*

HEL Klaus ist ein erstklassiger Segler.

SABINE Herr Zürn sagt, auf einer Jolle, bei einem Sturm, der bis zu Windstärke sieben ging, das sei Wahnsinn. Aber warum ist er überhaupt mit? Mein Mann haßt Segeln. Überhaupt Sport.

HEL Klaus setzt sich durch. Das kenn ich.

SABINE Ich begreife das nicht. Es paßt nicht. Er war so gegen dieses Segeln. Das ist doch, wie wenn dein Mann ihm ein Pulver in den Wein geschüttet hätte. Mein Mann geht nicht auf ein Segelboot. Das tut er nicht. Mein Gott! Und auch noch bei einem Sturm.

HEL Die sind einfach abgetrieben worden. Irgendwo sind sie an Land ... Trocknen ihre Kleider ... Rufen an ...

SABINE Wenn ich es nur begreifen würde! Ich

kenne doch meinen Mann. Auf ein Boot! Eine Jolle! Nie! Niemals!

HEL Das ist Klaus. Klaus setzt immer seinen Willen durch. Wie ein verzogenes Kind. Er ist ein verzogenes Kind. Jeder Mann ist ein verzogenes Kind.

SABINE Windstärke sieben, eine Jolle, Wahnsinn, sagt Herr Zürn.

HEL Im Vorzimmer des Verlegers, da kriegt Klaus die Panik, Windstärke sieben, das reizt ihn.

SABINE Mit einer Jolle, ja?!

HEL Mit der kann er umgehen wie mit seiner rechten Hand.

SABINE Ich hätte nicht weggehen dürfen. Ich habe es gewußt. Ich hätte ihn nicht mit Klaus allein lassen dürfen. Das kann nicht gutgehen, diese zwei ...

HEL Komm, wir fangen an. Ich hab Hunger. Du nicht?

SABINE *schüttelt den Kopf.*

HEL Du mußt doch Hunger haben. Die zwei hokken in einer Schweizer Wirtschaft und trinken. Reden über uns. Wie wir im Bett sind und so. Und wir fasten.

SABINE Iß ruhig. Bitte.

HEL Die lachen uns aus nachher ...

SABINE Iß doch. Wenn du Appetit hast.

HEL Ich hab sogar Hunger. Meinst du, der Wein

würde mir auch so schmecken?

Sabine schenkt ihr ein.

SABINE Bitte. Bedien dich.

Hel tut es. Trinkt vorsichtig, ißt.

HEL Ihr seid beneidenswert, Helmut und du. Eine solche Harmonie. Von Helmut geht soviel Ruhe aus. Muß schön sein, ein so ausgeglichener Mann neben einem. Durch nichts drauszubringen. Weil er glücklich ist. Mit dir. Du mit ihm. Und ich habe geglaubt, glückliche Ehen, das gibt's nicht. Was spürst du, wenn Klaus dich anschaut?

Sie trinkt mit Genuß.

SABINE Ich weiß nicht, was du meinst.

HEL Wenn ein Mann einen anschaut, weiß man, was er denkt. Durch einen Mann siehst du durch wie durch ein leeres Marmeladeglas. Wenn Helmut mich anschaut, merk ich, daß ich überhaupt nicht existiere für ihn. Es gibt mich nicht. Ich beklag mich nicht, Sabine. Ich finde das toll. Deinetwegen. Du hast einen Mann, der nur dich sieht, sonst nichts. Wenn Klaus eine Frau anschaut, will er nur wissen, ob er die kriegen könnte. Jede. Er will eigentlich jede. Wenn er eine angeschaut hat, sagt er mir, ob er die kriegen könnte oder nicht, und ob er die will oder nicht. Interessiert es dich, was er über dich gesagt hat?

SABINE *lügt:* Nein. Eigentlich nicht.

HEL Hab ich mir gedacht. Wir haben, nachdem wir euch auf der Promenade getroffen haben, nur noch über euch geredet. Und ihr?

SABINE Du ... ich weiß nicht mehr, worüber wir geredet haben. Über alles mögliche. Wie immer.

HEL Das sag ich doch: unerschütterlich. Ihr seid ... wie eine geräumige Landschaft, Helmut und du. Die Sonne scheint, mild, warm, nicht zu sehr, aber dauerhaft, man sieht weit, das Wetter hält sich. Ewig. Für mich seid ihr ein klassisches Paar.

SABINE So langweilig, wie du uns siehst, kommen wir uns gar nicht vor.

HEL Oh Sabine ... ich sage alles falsch. Ich beneide euch doch. Klaus ist ein ... etwas unsteter Mensch. Klingt nicht gleich wieder negativ, oder? Nichts Kritisches über Klaus, wenn er nicht dabei ist. Hab ich ihm versprochen. Versprechen müssen. Ich darf ihm alles ins Gesicht sagen. Tu ich auch. Oh je. Da fliegen ganz schön die Fetzen. Aber kein Wort über ihn, wenn er nicht da ist. Hab ich schwören müssen. Klaus ist eben nicht so sicher, so in sich ruhend, so unerschütterlich wie Helmut. Schade, daß ihr nicht über uns gesprochen habt. Hätte mich schon interessiert, was Helmut über mich denkt. Aber er denkt eben gar nichts über mich. Basta. Wir dagegen, was haben wir alles geredet, über euch, mein Gott, Sabine, das hättest du hören sollen. Klaus über dich. Klaus ist ja ein ... *Sie hat das zweite Glas Wein ausgetrunken. Schenkt nach.* Wenigstens Durst könntest du haben. Bitte, sag Klaus nicht, daß ich etwas getrunken habe. Er haßt Alkohol. Jede Menge Hasch, keinen Tropfen Alkohol. Ich finde euern Wein sehr gut.

SABINE Im Kühlschrank ist noch mehr.

Hel holt noch eine Flasche. Sabine gibt ihr den Öffner. Sie bedient sich. Sabine kann nicht ruhig sitzen bleiben.

HEL Wir müssen nicht über Klaus und Helmut sprechen. Wenn du nicht willst. Also ich muß nicht.

SABINE Ich ... habe Angst.

HEL Du unterschätzt Klaus wirklich. Du hast ihn nie an der Pinne erlebt. Er geht mit einem Boot um ... wie ... wie ... du und ich mit Messer und Gabel. Klaus ist ein ... Naturneurotiker. Wenn's sowas gibt. Jetzt sag ich auch schon Wörter, ohne zu wissen, was sie heißen. Wie Klaus. Nichts Kritisches über Klaus, klar! Wir sollten überhaupt nicht immer über die Männer reden. Vergessen wir die Männer, Sabine. Vor allem unsere Männer. Wenn die nicht kommen, gehen wir aus. Du und ich. Am liebsten würde ich von jetzt bis Mitternacht noch einen seriösen

Menschen unglücklich machen. Trink halt was, Mensch. Ich suche einen, der genauso blöd dran ist wie ich. Mit dem würde ich ... *Töne, Gesten* ... Daß ihr nicht über uns gesprochen habt, find ich hart. Ehrlich. Ich hätte Helmut ganz gern ein bißchen geritzt. Seinen Ruhepanzer, verstehst du. Nichts Böses. Nur so'n bißchen an den Sockel geklopft, auf dem er steht. Er ist ja schon ein bißchen sehr erhaben. Du, ich habe mich doch hoffentlich nicht in deinen Mann ver ... kuckt. Wäre das schlimm? Ehrlich?!

SABINE *verstellt sich, so gut es geht:* Also ... überhaupt nicht. Ist doch ganz natürlich, oder? Ist doch schön!

HEL Schade, daß Klaus dich nicht reizt. Sonst hätten wir tauschen können. Ich würde wahnsinnig gern mal tauschen. Jetzt schaust du wie'n Einzelkind, das zum ersten Mal auf'n Spielplatz kommt. Bist du ein Einzelkind? Gewesen?

SABINE Nein.

HEL Also, dann tauschen wir jetzt rein experimentell Rock und Bluse, komm. Bitte, bitte, Sabine. Bloß Rock und Bluse. Was is'n dabei? Ich wär einfach scharf auf deinen Rock und deine Bluse. *Sie zieht ihren Rock und ihre Bluse aus. Sabine geht zum Fenster.*
Das war bei mir immer schon so. Was andere anhaben, find ich immer toller, als was ich an-

habe. An andern sieht alles schöner aus. Wenn du Rock und Bluse von mir anziehen würdest, würden sie mir wieder gefallen, vielleicht. Du bist sauer. Scheiße.

Sie zieht sich wieder an.

Oh, oh, oh. Vielleicht bin ich verantwortungslos. Nein. Verantwortungsunfähig. Manchmal weiß ich nicht mehr, was ein Wort heißt. Schieben wir's auf den Wein. Alles, Sabine. Rock u n d Bluse. Mir bist du wichtiger als diese zwei Kerle zusammen. Das kannst du mir glauben. Aber wirklich. Das sag ich nicht nur so. Hörst du?!

SABINE Ja.

HEL Nicht sauer, gell, Binchen?

SABINE Aber wieso denn sauer, ich bitte dich.

HEL Du schaust so unlebendig. Entschuldige. Versteinerst du jetzt?

SABINE Ich hab einfach Angst. Mein Mann hat das nicht ausgehalten.

HEL Was?

SABINE Klaus! Dich! Euch! Darum hat er uns weggeschickt. Es ging zu weit. Die Quälerei. Meine Schuld. Mir hat es gefallen, wie Klaus ihn gequält hat. Das hat er gespürt.

HEL Gequält?

SABINE Mit dir hat Klaus ihn gequält. Dich hat er benutzt. Sich gerächt, für früher, weil Helmut ihn wie eine Küchenschabe behandelt hat. Mein Mann ist nur deinetwegen mit auf dieses Boot.

HEL Oh Sabine, das wäre toll, aber ...

SABINE Klaus wollte er es heimzahlen, daß er dich hat. Das sollte Klaus büßen. Darum ist er mit ihm auf das Boot und ...

HEL Sabine! Wunderbar, wunderbar ...

SABINE Weil Klaus ihn von dir küssen ließ ...

HEL Sabine! Schatz, was für Geschenke ...

SABINE Und was hätte Klaus dir erst beim Tanzen befohlen! Was hättest du da erst tun müssen mit ihm. Das hat er nicht ausgehalten. Schon wie Klaus spricht ... diese ganze krasse Art, dieser Stolz, so kraß daherreden zu können, dieses Auftrumpfen mit der eigenen Unverblümtheit ..., dieses Angeben mit diesem bißchen Sauerei ..., das liegt meinem Mann nicht, das quält ihn. Er mag das nicht vor Zeugen. Mein Gott, er ist eben so –, und möchte gern so sein dürfen, wie er ist. Aber inzwischen ist man, wenn man sich geniert, nur noch komisch. Davor hatte er Angst. Ich habe das gespürt. Aber ich habe es mir nicht klargemacht ... ich war selber zu sehr fasziniert von Klaus, von seiner unverschämten Art. Ja. Ich gebe es zu, Hel, ich ... bin ...

Helmut tritt ein. Er hat andere Kleider an; die passen ihm nicht. Er sieht komisch aus. Er hat

Sabines Schal dabei.

SABINE Helmut. Mein Gott, Helmut. Gott sei Dank, Helmut.

HEL Und wo ist Klaus, der Blödian! Das war doch sicher seine Idee?! Du kommst allein?

HELMUT *nickt.*

HEL Warum?

HELMUT Er wollte unbedingt einen kleinen Törn machen. Der aufkommende Sturm hat ihn so begeistert. Er war ganz wild. Elektrisiert!

HEL Und dann?

HELMUT Furchtbare Böen. Wir brauchen Fahrt, dann können uns die Böen nichts anhaben, rief er. Mir erklärte er fier auf und hol dicht.

SABINE Aber warum bist du mit?

HEL Ihr seid gekentert?

HELMUT Nein.

HEL *zu Sabine:* Siehst du! Klaus! Das sag ich doch.

SABINE Du hättest ihn zurückhalten müssen.

HELMUT Nein. Er wollte es wissen. Ich auch. Wir hatten keine Wahl. Offenbar.

HEL Wo ist Klaus? Wenn ihr nicht gekentert seid ...

HELMUT Es ging immer schneller. Ich hatte Angst. Ja. Ich rief, umdrehen! Zurück ans Land! Er hat gelacht. Gesungen. *Lucy in the sky.* Wir rasten. Wir heben ab, brüllte er. Das Wasser schlug uns ins Gesicht. Wir hingen total schief. Im nächsten

Augenblick wären wir gekippt. Das Wasser schlug schon herein. Er schrie, ich soll auch hinaufsitzen an den Rand. Ich schrie: Hör auf! Dreh um! Er hat nur gelacht. Und gesungen. Da habe ich ihm das Steuer aus der Hand geschlagen. Das Boot hat sich sofort aufgerichtet. Aber er ... war schon im Wasser. Er hat das Übergewicht gekriegt. Er hing so weit draußen. Ich hab ihn sofort nicht mehr gesehen. Ich habe gerufen, gebrüllt.

SABINE Klaus ist sicher ein ausgezeichneter Schwimmer.

HELMUT Er hat mir vorher gesagt: Wenn du über Bord gehst, nie gegen die Wellen schwimmen. Fünf Kilometer mit den Wellen schaffst du leichter als fünfzig Meter gegen sie. Bei einem richtigen Sturm. Ich habe mich einfach auf den Bootsboden gesetzt. Das Segel schlug hin und her. Aber das Boot trieb an Land. Ich bin in ein Haus. *Deutet auf die Kleider:* Die Leute haben mich hergefahren. Die Wasserschutzpolizei verständigt ... *Er bricht ab.*

SABINE Oh Helmut. Helmut.

Sie weint. Unterdrückt es.

HEL Wie weit draußen wart ihr?

HELMUT Ich weiß nicht. Nicht so weit.

HEL Wenn er an Land gekommen wäre, hätte er angerufen.

Sie sitzen schweigend.

SABINE Ich mach Kaffee. Du brauchst dringend einen Calvados.

Sie holt eine Flasche Calvados und drei Gläser. Dann holt sie nachträglich noch ein viertes Glas. Nachdem sie zwei Gläser eingeschenkt hat, will sie das dritte füllen.

HELMUT Für mich nicht. Danke.

SABINE Ich brauch einen.

HEL Ich auch. *Sie riecht daran.* Calvados.

Sabine und Hel trinken.

HEL In … Montpellier hab ich Calvados getrunken. Vor sieben Jahren. Zwischen dicken Mauern.

Sabine ist hinaus, um den Kaffee zu machen. Helmut schenkt Sabines und Hels Gläser voll.

HEL Und du?

HELMUT Jetzt nicht, danke.

Hel trinkt ihren Calvados aus. Holt sich eine Zigarette aus Sabines Packung. Helmut schenkt ihr wieder ein. Sie trinkt.

HEL Mein Gott, ist dieser Calvados gut. Rauch doch. Rauch doch, lieber Helmut. Ich mag das, wenn du rauchst. Es ist gemütlich. Rauch doch, rauch doch, rauch doch …

HELMUT Nein, danke.

Hel fängt sofort an zu weinen.

HEL Wenn er an Land geschwommen wäre, hätte

er angerufen. *Sie trinkt.* Klaus würde wahrscheinlich sagen: das Leben geht weiter. Ich weiß nur nicht, wie. Furchtbar, wie man sich gleich leidtut. Klaus hat einmal gesagt: du mußt mich nur mögen, solang ich lebe. Für mich lebt er.

Sabine kommt mit dem Kaffee, sieht, daß Hels Glas leer ist, füllt es, Hel trinkt.

HEL Jetzt bin ich die einzige, die trinkt. Er lebt. *Sie trinkt.* Aber dann hätte er angerufen. Ins nächste Haus und angerufen.

SABINE Wie denn? Er weiß nicht, daß wir hier bei Zürns wohnen.

HEL Das weiß er. Der Name ist gefallen. Einen Namen, der erwähnt wird, merkt sich Klaus. Das gehört bei ihm zur Witterung. Er bemerkt alles. Merkt sich alles. Der Name Zürn ist doch gefallen?

SABINE Helmut?

HELMUT Keine Ahnung.

HEL Ich glaube schon.

SABINE Ich glaube auch. Ich habe dich gefragt, Helmut, ob ich bei Frau Zürn etwas zum Essen holen soll, aber du hast uns ins Dorf geschickt.

HEL Dann weiß er, wo er anrufen muß. Müßte. Es war nichts als Schinderei, Helmut, jeden Tag zehn, zwölf Stunden an der Maschine. Auch wenn er nicht schreiben konnte. Ich muß auf dem Posten sein, hat er dann gesagt. Ihm ist alles, was er getan hat, furchtbar schwer gefallen. Deshalb hat er den Eindruck verbreitet, er arbeite überhaupt nicht. Was er mache, mache er nur aus Freude an der Sache. Und immer das Gefühl, daß alles, was er tut, Schwindel sei. Daß man ihm eines Tages draufkommen werde. Er hat oft aufgeschrien, nachts. Und Schweißausbrüche, mitten in der Nacht. Darum hat er immer gesagt: wir hauen ab auf die Bahamas. Wenn wir allein waren, hat er dazugefügt: zu den anderen Verbrechern. Er war überzeugt, er sei ein Verbrecher. Wir hatten nicht die geringste Aussicht, auf die Bahamas zu ziehen. Wir konnten uns kaum so einen Urlaub hier leisten. Er hat auch im Hotelzimmer jeden Tag gearbeitet. Und ich sollte Großmuttersprüche sammeln. Wie wenig mir das liegt. In stille Dörfer eindringen, den Bürgermeister fragen. Diese lieben alten Frauen ansprechen. Ihnen erklären, wie und was, und was ein Mikrophon ist. Aber er war so begeistert von seiner Idee. Man kann alles. Das war auch so ein Spruch von ihm. Er hätte Sportlehrer werden sollen, oder Entdekkungsreisender, aber nicht heute, vor hundert Jahren. Segelschiffkapitän, Abenteurer, jemand, der mit allen Schwierigkeiten fertig wird, wenn sie aus der Natur kommen. Der Natur gegenüber war er immer mutig, einfallsreich, unbesiegbar. Nur Leute ... *Sie schüttelt den Kopf.* Mit Leuten konnte er nicht. Durch einen blöden Zufall in den Journalismus hineingekommen. Dann diese Umweltmasche. Er muß alles ernst nehmen, weil wir davon leben. So verkrampft. Zuletzt mit allen Leuten Krach. Aber schon mit allen. Die Redakteure und Lektoren, von denen er abhängig war, hat er gehaßt, weil er von ihnen abhängig war. Wenn einer einen Hauch von Kritik spüren ließ, hat Klaus das eigene Manuskript vor dessen Augen zerrissen. Das war echt brutal. Natürlich auch lächerlich. Er hatte ja einen Durchschlag. Das wußte jeder. Er hat darauf gewartet, daß sie ihm in den Arm fallen. Gegrinst haben sie.

Sie trinkt aus, hält das Glas hin. Sabine schenkt nach.

HEL Prost!

SABINE *prostet ihr zu, trinkt mit.*

HEL Er war fertig. Fix und ... Deshalb hat er sich so gefreut, daß wir euch getroffen haben. Jetzt packen wir's, hat er heute mittag gesagt. Ein Phantast. Sofort von den Bahamas angefangen. Mit Helmut auf die Bahamas. Sein neuester Einfall. Es war nicht ganz leicht mit ihm, das kann ich euch sagen. Wegen seiner Empfindlichkeit. Weil sie ihn merken ließen, daß sie ihn

nicht brauchten. Als sie ihn das merken ließen, war es aus. Hundertmal am Tag, ich schwör es, einhundertmal am Tag hat er gefragt, ob ich ihn noch möge. Er ist sich vorgekommen wie der letzte Dreck. Ich mußte ihm beweisen, daß er nicht der letzte Dreck ist. Glaubhaft, aber ja.
Sie springt auf, geht hin und her mit dem Glas. Helmut will ihr nachgehen, Sabine ist dagegen.
Ich hatte allmählich das Gefühl, daß ich das nicht mehr sehr lange aushalte. Darum war ich genauso froh, daß wir euch trafen. Ich will nichts gegen Klaus sagen. Einmal muß ich es jemand sagen ... Ich selber habe praktisch ... Wenn ich das ein einziges Mal sagen dürfte ... Ich habe nicht leben dürfen. Das hat er nicht gestattet. Ich habe mich für das, was er gemacht hat, mehr interessieren müssen als er selber. Wie wenn ich seine Tochter gewesen wäre: Was er nicht erreicht hat, sollte ich. Ich, sein Stolz. Andererseits war er sauer, wenn jemand etwas gelobt hat, was ich gemacht habe. Er war verrückt. Er hatte, weil er merkte, daß er nicht gebraucht wurde, einen Grad von Egoismus erreicht, den man eine Geisteskrankheit nennen sollte. Ich habe Musik studiert, als er mich kennenlernte. Von heut auf morgen hab ich das aufgeben müssen. Wir kennen uns noch kein Vierteljahr, da dekretiert er, zur wirklichen Mu-

sikerin reicht es bei dir nicht. Laß das, du machst dich nur unglücklich dadurch, basta. Dann hat er mich auf seine Interessen dressiert. Ich war zweiundzwanzig und ein Idiot. Also das Matterhorn ist nichts dagegen, so ein Idiot war ich. Mein Klavier hab ich verkaufen müssen. Ja! Er hat einen Fanatismus entwickelt gegen Musik. Entweder er oder die Musik. Schon ergreifend, was man alles aushält. Das hab ich ihm zu verdanken. Das weiß ich ein für alle Mal. Ich halte etwas aus. Ich ... Wetten, daß ich mehr aushalte als ihr zwei zusammen? Komm, los, jetzt wettet doch einmal mit mir. Ich möchte gewinnen. Ich hab schon so lang nichts mehr gewonnen. Mir ist es jetzt ... ein Klavier habt ihr nicht in eurer grandiosen Ferienwohnung. Ganz schöner Beschiß. Eine Ferienwohnung ohne Klavier. Und das seit elf Jahren. Ihr haltet doch was aus. Ihr müßt ganz schön abgehärtet sein. Laß mal fühlen, Helmut. Dein Ohrläppchen. Weißt du das nicht? Wie das Ohrläppchen, so die Seele. Du hast ein etwas ausgemolkenes Ohrläppchen, kommt mir vor. Du, Sabinchen? Frauen haben einfach reichere Ohrläppchen als Männer, das stellt man immer, immer wieder fest. Überhaupt Frauen, mmm! Es gibt Frauen, die haben einen Reichtum. Da kannst du jeden Mann vergessen. Was ist ein

Mann, Sabine? Gibt an wie der Rotz am Ärmel. Noch was? Nischt. Klaus hatte ... ach Klaus ... Irgendwie schwimme ich in einer Flüssigkeit. Und von der Flüssigkeit, in der ich schwimme, trink ich auch noch. Also das ist schon fast ein bißchen himmlisch. Ihr seid überhaupt die höchsten Menschen. Ihr zwei Lieben. Ihr könnt mich jetzt ein bißchen baden, wenn ihr wollt. Ich bleib bei euch. Und ihr badet mich. Mit einem großen weichen Schwamm. Habt ihr keine Badewanne? Ihr habt auch bloß Dusche? Halt auch ein bißchen armselig, gell? Macht doch nix. Wäre ja nicht schlecht gewesen, wenn ihr mich gebadet hättet. Mit einem großen weichen Schwamm. Wenn ich in einem warmen Bad liege, fange ich immer an zu singen, obwohl ich sonst überhaupt nicht mehr singe in letzter Zeit. Das ist rapide zurückgegangen bei mir, das Singen. Praktisch auf unter Null. Manchmal hock ich und ströme ein Schweigen aus. In dem hock ich dann. Dann, meine Damen und Herren, packt es mich. Packt s i e mich. Die Schwermut halt, die cholerische, sich selbst zerbeißende. Ich danke Ihnen.

Helmut wird von Sabine gehindert, als er Hel unterbrechen will.

HEL Meine Damen, und Herren, ich kann mir erlauben, Sie um Ihre Aufmerksamkeit zu bit-

ten. Ich spiele Ihnen die *Wanderer-Fantasie* von Franz Schubert.
Sie spielt die Töne in die Luft, singt die Melodie, den Rhythmus: sie trägt die Wanderer-Fantasie vor. Langsam und leise tritt Klaus ein. Er ist perfekt gekleidet, nicht mehr als Segler, sondern so geschmackvoll wie möglich. Das einzige: er ist zu alt für diesen Stil. Er imitiert einen Dreißigjährigen.

SABINE Klaus!

HEL *bricht die Musik ab, schwankt betrunken hin und her:* Mein Klaus, mein lieber, lieber Klaus. Ja was sag ich: lebendig, sag ich, ist er, und was ist er, lebendig. Und so spät kommt er. Das sieht ihm gleich. Er hat einfach wissen wollen, was wir tun, wenn er nicht dabei ist. Stimmt's? Schuft. Klaus, bitte, such dir einen guten Platz. Ich muß nur noch die *Wanderer-Fantasie* zuendespielen.
Sie spielt weiter, sieht Klaus an, schenkt sich Calvados ein: Prost! *Sie trinkt.*

KLAUS Komm jetzt.

HEL Hat es dir nicht gefallen? Entschuldige, du stehst da, ein frisch Geretteter, und ich spiele das Piano. Ich würd mich nicht wundern, wenn du mich als Egoist einstufen würdest. Du, der du ein den Wellen Entkommener bist. Er besiegt jede Natur. Das habe ich schon im voraus bekannt gegeben. Stimmt's?

KLAUS Komm jetzt.

Er nimmt ihr das Glas aus der Hand. Er riecht daran, wirft es angeekelt weg. Das läßt sie sich gefallen.

HEL Klaus, laß uns bei unseren Freunden bleiben. Wir haben doch sowieso keine Badewanne in unserem Zimmer. Hier haben sie auch keine Badewanne. Also können wir genausogut hierbleiben. Dem Schicksal, keine Badewanne zu haben, bleiben wir auf jeden Fall treu. Klar?

KLAUS Ich gehe jetzt.

HEL Ich seh's, du bist beleidigt. Klaus, schnell, sag deiner Hel, wer dich beleidigt hat. Und zwar ganz arg hat der dich beleidigt. Das sehe ich doch. Iiih! Durch und durch beleidigt haben sie unseren Klaus. Ich werde dich regenerieren, Liebster, und zwar binnen kurzem. Ich schwöre es dir.

Sie zündet sich eine Zigarette an, nimmt Helmuts Hut, setzt ihn auf. Leihst du mir den? Komm, Genie, tapfer, gehen wir.

Sie schwankt hinaus, Klaus ihr nach.

SABINE *ruft:* Moment, halt. Klaus!

HELMUT *setzt sich, zündet eine Zigarre an und schenkt sich Calvados ein. Sabine kommt zurück.*

SABINE *trinkt nicht mit.* Begreifst du, was er hat?

HELMUT *reagiert nicht.*

SABINE Helmut, was hat er? Er hat doch was. Statt daß es jetzt eine Feier gibt, kommt er ... wie der jüngste Tag persönlich. Begreifst du das?

Helmut nimmt das Kierkegaard-Buch.

HELMUT Wenn du dein *Wagner, mein Leben* suchst, es liegt drüben. Soll ich dir's holen?

Er liest, schlägt sein Buch wieder zu.

SABINE Morgen ... *Sie bricht ab.* Ich ... Das geht doch nicht.

HELMUT *geht ins Schlafzimmer, kommt mit einem Koffer zurück.*

SABINE Was ist los? Du hast also Klaus ins Wasser geschmissen, ja?!

Er zieht sich um.

HELMUT Und wenn wir jetzt packen? Bitte, Sabine. Im Zug erzähl ich dir alles. Bitte. *Sabine setzt sich.* Im Zug. Bloß raus hier. Komm. Schreib Zürns einen Zettel. Wir brechen ab, dieses Jahr. Wir überweisen ... Sabine, hörst du?

SABINE Dazu hätte ich auch etwas zu sagen.

HELMUT Oder soll ich zu Zürns rüber, fragen, nach einem Nachtzug. Sabine?! Du!

SABINE Hier geblieben wird.

HELMUT Sabine ... Wir können hier bleiben, meinst du?

SABINE Wir müssen. Feigling.

HELMUT Feiglinge bleiben nicht hier.
SABINE Du bist keiner.
HELMUT Doch.
SABINE Nein. Du bleibst nämlich. Helmut.
HELMUT Ach, du, einziger Mensch, Sabine.
SABINE Erst wenn ich den Koffer nicht mehr sehen muß.
HELMUT Aber wir können doch nicht hier bleiben! Sabine! Dieser Klaus ... Ja, stimmt. Mir war es recht, daß er ins Wasser fiel. Es war Angst, Sabine. Panik. Wir wären gekippt. Notwehr, Sabine.
SABINE Das sagst du ihm. Morgen.
HELMUT Unmöglich. Er soll ruhig denken, daß ich ihn umbringen wollte.
SABINE Das schmeichelt ihm.
HELMUT Oh ... dann ... nicht.
SABINE Sag ihm, wie es war. Das schmeichelt ihm nicht. Morgen, auf der Promenade, wenn sie kommen, grüßt du freundlich, lieber Klaus, sagst du, wo sind wir stehen geblieben gestern, der ganze untere Stock gehört der Physik, sagst du, von da an kann etwas falsch gelaufen sein, sagst du. Du sagst, wie es war. Ganz locker. Brauchen wir jetzt auch gar nicht festzulegen. Weil es kein Problem ist für dich.
HELMUT Und Hel?
SABINE *zuckt mit den Schultern.*

HELMUT Sie haßt mich natürlich. Jetzt.

SABINE *zuckt die Schultern.*

HELMUT Ach Sabine, schau, wie ruhig der See liegt. Der Mond, Sabine. Komm. Bitte, das mußt du sehen. Wie der See jetzt daliegt. Ein einziger regloser Glanz. Wie wenn nichts gewesen wäre. Komm doch. Ich brauche dich. *Er kommt zu ihr.* Wie oft soll ich es denn noch sagen, daß ich dich ... also zweimal kann man das nicht sagen. Wenn man gesagt hat, daß man jemanden braucht und auch noch den Mond zu Hilfe genommen hat und der andere reagiert nicht, dann verstummt man. Du denkst an Hel!

SABINE Du!

HELMUT Ich denke an nichts. *Er trinkt Wein.* Das kann ich inzwischen. Könntest du von mir lernen. An nichts denken. *Er trinkt.* Es gibt nur noch, was man sieht. *Er trinkt.*

SABINE Beziehungsweise trinkt.

Helmut macht das Licht aus. Beide im Mondlicht.

HELMUT Es gibt nur noch, was man hört. Sag was.

SABINE Es gibt nur noch, was man spürt. Spür was.

Pause.

HELMUT Du hast recht, Sabine. Lang her, daß du das letzte Mal recht hattest. Aber jetzt hast du recht. Leider. Wir müssen bleiben. Wir müssen auf die Promenade. Ich muß die begrüßen. Ich merk das im Augenblick. Mir tut jede Sekunde weh, die wir mit denen verbracht haben. Meine Schuld. Ich möchte jede Sekunde zurückhaben. Weil alles falsch war. Ich habe gedacht, er will auftrumpfen. Mich blamieren. Ich habe überhaupt nichts wahrgenommen von ihm. Ich war zu. Total zu.

Sabine macht das Licht an.

SABINE Jetzt müssen wir hin. Die reden über uns, jetzt. Da möcht ich dabei sein.

HELMUT Hin, nein. Das geht nicht.

SABINE Komm. Ich will wissen, was die über uns reden. Komm. Du gehst voran. Aber ja.

HELMUT Ich, vor dir, eintreten bei denen? Nein, nie.

SABINE Du vor mir, oh ja.

HELMUT Du trittst ja praktisch mit mir ein, nicht wahr? Ich meine, sie sehen sofort, daß du auch dabei bist.

SABINE Ja, jaa! Nur nicht immer so eng, Mensch. Wenn wir zusammen bleiben wollen, müssen wir ein bißchen auseinanderrücken.

HELMUT Oh. Von jetzt an sollst du Sibylle heißen, Sabine.

SABINE Also, geh jetzt endlich.

HELMUT Ich muß das Licht ausmachen.

SABINE Das mach ich schon aus. *Sie macht das*

Licht aus.

HELMUT Sabine!

SABINE Ja.

HELMUT Wo bist du?

SABINE Da.

HELMUT Ich sehe nichts. Ich bin wirklich nachtblind.

SABINE Klaus würde sagen: Vitaminmangel, mehr Karotten und …

HELMUT Bitte nicht.

SABINE Nur zur Einübung.

HELMUT Deine Hand, bitte. Ich trete zwar vor dir ein, aber den ersten Satz sagst du.

SABINE Jetzt bereite dich doch nicht andauernd vor. Laß etwas zukommen auf dich, Mensch. Wenn wir jetzt nicht gehen, ist es zu spät. Und zwar, ein für alle Mal. Komm!

HELMUT Mein Hut, Sabine. Wo ist mein Hut? Ich kann nicht ohne meinen Hut gehen.

SABINE Den hat Hel mit. Dein Hut ist schon dort.

HELMUT Das sieht so aus, als kämen wir nur, um den Hut zu holen.

SABINE Wir brauchen den Hut nicht zu erwähnen.

HELMUT Das geht nicht. Ich will meinen Hut wieder. Sabine, bitte … *Er macht das Licht wieder an.* Ich brauche einen Schluck Wein. Ich muß wissen, was ich dort sage und was ich dort nicht sage.

Er schenkt sich Wein ein, bietet Sabine auch ein Glas an, sie lehnt ab. Er trinkt mehr als einen Schluck.

Laß etwas auf dich zukommen, Mensch ... sagst du. Sabine, ich kann nicht dahin gehen und sagen, was ich denke. Die Wahrheit ist eine Katastrophe. Ich werde nie mehr die Wahrheit sagen. Bitte, dir natürlich schon. Zum Teil. Du weißt auch, was ich nicht sage. Aber die anderen erfahren das nicht. Mich hat keiner so behandelt, daß ich mich verpflichtet fühlte, ihm zu sagen, was ich denke.

SABINE Aber daß du jede Sekunde zurückhaben möchtest, kannst du sagen.

HELMUT Daß es mir leid tut. Ich bin froh, daß er lebt. Aber ich halte ihn nicht aus. Ich will mit ihm nichts zu tun haben. Offenbar hat er erlebt, was ich auch erlebt habe. Aber er gibt es nicht zu.

SABINE Du auch nicht.

HELMUT Darum, kein Kontakt, Sabine. Er soll wegbleiben. Bei seiner Hel oder sonstwo. Darum ist man verheiratet, daß man den Rest der Welt nicht braucht. Basta.

SABINE Willst du das sagen dort?

HELMUT Nein.

SABINE Also?

HELMUT Bleiben wir hier. Das geht nicht. Er muß

mir sagen, daß er nicht glaubt, ich habe ihn umbringen wollen. Das muß er mir sagen.

SABINE Also müssen wir hin. Ich muß auch hin.

HELMUT So. Dann müssen wir wohl hin. Aber ich darf lügen. Ein bißchen.

SABINE Ja, ja! Lüg nur! Sag, du magst ihn, findest ihn verwandt, gleichgesinnt, gleichgenarbt, leider hast du es nicht sofort sagen können, erst jetzt, nach allem ... Du wirst sehen, wenn du das zehn Minuten durchhältst, glaubst du, was du sagst. Nach einer halben Stunde bist du echt freundlich zu ihm. Und er sagt dir, daß er keine Sekunde lang geglaubt hat, du wolltest ihn umbringen. Dann fallen wir einander um den Hals und erlösen uns von unseren Übeln. Komm.

Sie löscht das Licht.

HELMUT Aber brauchen tu ich nur noch dich, Sabine.

SABINE Ja, so schön mußt du weiterlügen, dann wird alles gut.

HELMUT Aber wenn ich wirklich nur noch dich brauche?

SABINE Wenn du nur noch mich brauchst, brauchst du mich auch nicht mehr.

HELMUT Ach Sabine, jetzt durchschau doch nicht immer alles.

SABINE Nur solang du verheimlichst. Komm jetzt.

HELMUT Ach du, einziger Mensch, Sabine.

SABINE Dazu hätte ich auch noch etwas zu sagen.

Sie geht. Er muß ihr folgen.

Ende